詩集

階

佐藤美樹

砂子屋書房

＊目次

装本・倉本　修

詩集　階（きざはし）

詩の庭

嵐の過ぎ去ったあと
一篇の詩は静寂と沈黙を呼びよせる
迎合や折り合いと遠くはなれ
孤独にのみ寄り添う誰のものでもない言葉
自らの土に種子を蒔き
水をやり細かい下草を摘む
夕暮れには
永遠という名のカンテラをさげ

街の灯りをともしてゆく
切り裂かれた三日月に梯子をかけ
他者のために祈り続ける
日常を生きた一日の終わりに
無名の内在を纏い
深い眠りの夜へ
魂の原初の夜へと自らを浸す

*

春の巫女

例大祭の
御輿をかついだ子どもたちが
囃子の太鼓とともに
にぎやかにゆきすぎたあと

白の上衣に緋の袴をつけた巫女が
歩みをゆるめ
時の枠を見定めるように

静かに立ち止まる

一礼と
黙したまなざしのなかに
折りたたまれた言葉が
ひっそりと舞いおりる

ふりそそぐ陽とともに
言葉ではない言の葉が
封をされたまま舞いおりる

胸の奥に
しまわれた一日《ひとひ》は
奏と鈴の音を呼びさまし

天と地のあわいは
水を湛えた青龍の深淵に濯われてゆく

夜明け

氏神の青龍と正面に真向かう
手水舎の水船におかれた二本の柄杓の一方は
いくつもの穴があき
龍の洗心の水を汲みとることができない
どちらかを選ぶ時がみちて
穴のあいた血塗られた柄杓が
受けとるべきものとして現前にあらわれる
すべての辛苦を受けとめる意思と

避けられない覚悟
左におかれた柄杓をとり
わずかに残った清水で気と心を静める

死者と生者の間に生きて
ほどなく
身を切る死の冷たさに
重ねて立ち会い
悲しみには悲しみだけが寄り添う
天空の三日月を舟形の杼《ひ》にかえて
張りめぐらされた夜の経糸《たていと》に
収斂されてゆく朝の緯糸《よこいと》を差し入れ
樹木に囲まれた真の祈りと
生の回顧を

東の空へ
もう一度深く織りなおす

決別

小金塚古墳前の三叉路に
時計と見間違える
ルーレットが打ち捨てられていた
箱入りの
日本一・努力と書かれた東京タワーの
みやげものと並んで
何日も捨ておかれていた

明確に
時計ではないことに思い至ったとき
自ら選びとることのできない星が
無数に散らばりはじめる

手元に集まり続ける四つ葉のクローバーを
桜の樹の根元に返したあと
まもなく
それらすべてが集約された一株を
野道で見つける

摘みとっても
摘みとっても
数えきれない幸せの葉形を

手作りのしおりにして
四方に手ばなしたとき
葬送の連鎖が日常を覆す

挟みこまれた境界で
符を聴きとり
見えないはずの
めぐりあわせの代償と
負の発信に目を凝らす

他者に倚りかかることなく
在ることを
戒めのように
片手が深く受けとめる

石　段

一段ずつ
上がってきた石段に
思いをめぐらす

昇りきってしまったところで
安堵とは別の
ためらいや後悔がわきおこる

一回限りの
永遠に去ってしまった瞬間
折りたたまれた幸せの象徴

亡くなった人の
生きられなかった時間を
歩むとき

取り返しのつかない日々も
絶望のなかのできごとも
天空にあずける

風がかわり
雲がうごき

にわかにふりだした大粒の雨が
両頬をたたく

雨に隠れた涙を打ち消し
甃《いしだたみ》の先で
あらたな荷物をもちなおす

とぎれた雲の晴れ間から
光の差す方へと
俯いた視線を解《ほど》く

残された日常へ
蟬の声が
ひとしきり聞こえはじめる

器

夕暮れがとけだし
押し殺していた感情が蓋をあける
哭くことで
全身の涙が溢れだす

そばで見守っているはずと
かたわらにいた人が
優しい左手を肩にまわす

震える時間の軸に
何だかわかるかいと
不意に
背後からさしだされたもの

花が終わり
種子を抱えた緑色の蜂巣状の植物
見たことがないはずの永遠の花托
どこか遠くで見覚えのある静寂

切りとられた古代蓮は
長い柄のついた
如雨露の口の形を受けて

空を見上げている

寂寥と
悼むことを深くし
幾つもの緑の穴が開かれている
閉じるために開かれている

天上の青と
時の淀みをみたすために
さしだされた一つの器

溺れかけた地上の池の辺《ほとり》から
這いあがり
西の空へと息を吹き返す

遺　品

新しい年の始め
主を失くし
止まっていた腕時計が
定めなおしたかのように
手のひらの中で
逆まわりを始める

進むものと信じていた針は

何かを取り戻すかのように
眼前で
過去へ過去へと遡ってゆき
左まわりで標準時を正確に合わせる

小さな窓の日付も
一日ごとに後退し
1を選びとり静止する

遡る時刻と日付を手に入れても
死者と
共に過ごした時間は戻らず
何も変わらないまま
思い出だけが沈潜してゆく

右まわりへと刻みこまれる
新たな一秒に
不在の重さと
冬の寒気がまとわりつく

会えない指

人さし指と親指で
四角形をつくり
小さな枠の中に
懐かしい風景を切りとる

初めて会った横浜港郵便局前の横断歩道
水の守護神像の前で交した永遠への約束
家族揃っていたころの食卓

肩をたたいてもらった手のぬくもり
何度も歩いた駅までの道
ふたりで読み合った藤沢周平の本
誕生日に見つけた四つ葉の祝福
花嫁の父となった日の緊張と歓び
何気ないしぐさのいつもの癖
歩き疲れたベンチの陽だまり
一緒に選んだエンディングノート
途切れてしまった生きることへの切実な願い

覚えている限りの記憶を
順に並べかえる

苦悩の中の笑顔を

笑顔の中の淋しさを
淋しさの中のいたわりを
小さな四角形が写しとる心象は
思い出という画廊

共に暮らした日々と
手乗りの青い小鳥を
左肩にとまらせていた時間
交した言葉を手繰りよせ
凍りついた冬の
涙の壁面へ
一枚の肖像を思い描く

捩れ

メビウスの環に
一本の線を引いてゆくと
捩じれた継目で元に戻る

表裏の区別のつかない曲面の
中央を切っても
つながった大きな環となり
二つには分離しない

白のブラウスを着て
あこがれを胸に抱いていたころ
二十二歳のはにかみと
ドイツの数学者が発見した
位相幾何学との初めての対面は
一枚の写真に収められている

どれほどの時が経っただろう
生と死と
朝と夜と
偶然と必然と
声と沈黙——

再び手にした鋏で
失意と喪失を切り離したくとも
細く長くなった環は
永遠のかなしみと面影を
忘れさせない

追　想

日本を遠く離れ
初めて亡くした人の
夢を見る

十二時間二十分の飛行のあと
夕景のモン・サン・ミッシェルの聖地を踏み
その夜
眠りのなかに

映しだされた家族写真の夢――

笑顔の夫が
息子と娘と寄り添い
一羽のふくろうの赤ちゃんに
餌をあげている

バラ色のレンズが辿った幻影は
夜と朝のあわいに隠された一枚の静止画

La Merveille
最上階の驚異の建築の円柱に
一羽のふくろうが宿り
神秘の瞑想を呼ぶ

回廊と石畳の続く旅先で
死と生が
過去と未来が糾いあい消えてゆく
切りとられ
遠のいてゆく残像に感覚を研ぎ澄ませ
優しさの思い出と
淋しさの後悔をひきよせる

多くの巡礼者をのみこんでいった孤島の
くり返される潮の満ち引きに
問いをなした波が
祈りのように押しよせ
深く浅く

塞がれた灰色の砂地を濯い続ける

余白

ロワールの古城のほとりで見つけた
手まわしオルゴール
一曲ずつ異なる絵模様
小さな作りの円筒のかたち

積み重ねられた楽曲を前に
ある人は
フランス国歌ラ・マルセイエーズを

旅の記念とし
次の目的地へと
出発がせまるなか
私は左の手のひらにのせた調べを
思いだせないまま
ぐるりとめぐる小鳥の絵柄を選ぶ

発車したバスの座席で
オルゴールの握り柄をまわすと
車内が静まり
忘れていた曲名に
どこからともなく
「バラ色の人生」と声があがる

回転する円筒の棘と
櫛形の過日の断面が
垂直に塡めこまれたあと
追憶の音色が翼をひろげる

残されたまなざしを
川面の漣《さざなみ》と
遙かな対岸の森の背後へ
奏でられる旋律の余白へとゆらす

*

復元

伊勢原市内の遺跡から
出土した土器片の数々を
丹念に洗い
青い水かごにうつし
天日に干す

区分や地層ごとに
細い筆で注記し

文様や色調
断面のつながりから
接点を探る

地域や時代により異なる型式
口縁や胴
底部と机上に広がる平面の器形
緻密に
各部のまとまりを接合したあと
一個の遺物として
一息に立体へ組みあげる

自らの手の中で遡る
埋もれていた古《いにしへ》の記憶

復元により
呼びさまされる問いかけ
推測する過去の人間の痕跡
あることと
失われたことへの糸口
端正な完形を破る
小さな三角形の欠落
存在の欠落を越えて
垣間見る歴史の一端

整え
並べられた弥生土器の壺は
沈黙を正面として
再び地上の定められた場所に

静止する

落　下

地の階段を一気に落下する
肩に掛けた負荷が均衡をあやまり
左半身を下にしながら際限なく落ち続ける
最終地点に至るまでの壊れが頭をよぎり
止まりたくても逆らえない自分への重力を知る

声をあげる間もなく強度の打撲に体が歪《ゆが》み
折れてはいない骨の感覚と

筋肉の鈍い痛みを引き摺り
時軸の歪《ひず》みに入りこむ
硬直し傾斜した姿勢のまま
発掘中の古墳の横穴式石室に辿りつく

積み重ねられた石を抱えては外し
確認面を掘り下げる
羨道と玄室の間に境界としての石があらわれ
床上の土を篩にかけるとき
埋もれていた沈黙を従え
勾玉・切子玉・コバルトブルーのガラス玉が
光の網目に輝きだす

息をつめて

静謐に復元する玉石の輪は
永い副葬の眠りと墳墓への祈りを
遙かないにしへからの問いを
さしだしては投げかける

時を越えた問いかけは
進みながら後ずさりし
心の深層へおりてゆく
止まったかと思えた地への落下は
未来・現在・過去の対辺を捩じる帯となり
ひと続きの環の曲線をつくりだす

縒りあわされた時間の継ぎ目に立ち返り
幽かに聴こえるものに

内なる声に耳を澄まし
生きるための朝へ　深く息を吸いこみ
悼むための夕べに　北風の息を吐く

方位違柿読綴

鶺鴒のすむ谷《やと》に
周囲を水辺に囲まれた石祠あり
奈良に住まう人へ法隆寺の柿の切手を貼り
便りをだした日の朝
石祠の扉を開ける時きたり

ひらく　とき
とき　ひらく

相模国大山道につらなる道標や庚申塔
町なかや野に点在する道祖神　地蔵　結界石
風化していく五輪塔　宝篋印塔《ほうきょういんとう》　記念碑
各種残欠の類を石造物台帳におこす

いにしへのかぜ
かぜのゆらぎ

石祠の奥に木の神札と
透きとおる大小二つの玉あり
「市杵島姫之命」の墨書文字の底へ黙想し
両の掌に二つの玉の輝きを鎮める

ひかるたま
――いま　ときはなて

流線をえがいて日本神話へ遡り
「市杵島姫之命」は
天照大神と素盞鳴命《すさのおのみこと》との誓約《うけい》の際に生じた
宗像三女神の一

いちきしまひめのみこと
いちかきしまひめのみこと

神札の柿は杵のあやまりとするも
柿の産地である由をふまえ
据えおかれた祠の屋根の方位のみを

後日　整えなおす

せきれいのみずべ
みずべのせきれい

戻り　意図なしに一冊の古書を見開き
見開かれた頁の語句を書す集まりに赴く
「柿」の一文字をあまたより呼びこみ
色づいた吉野の柿が
奈良から送られてきたのはほどなく
果物の王は柿だという人と
暮らしていたころの覚書である

亀の時間

時をつかさどる使者として
カシオペイアの名をもつ亀は
物語を生き
三十分先の未来を予知する*
見えるものにしか見えない甲羅に光る文字
「ツイテオイデ」

亀のあとを歩き

欅の老樹で覆われた
相模国高部屋神社の拝殿に寄る
両柱に巻きついた龍
草葺き向拝《ごはい》の唐破風に彫りこまれた
耳をもつ亀と浦島太郎との出会い
聴こえるものにしか聴こえない聲
「オソイホド　ハヤイ」

手放された釣り竿
上部の梁の龍宮の乙姫は
時の手箱をたずさえている
「フタヲ　アケテハイケナイ」

たちのぼるひとすじのしろいけむり

伊耶那岐神の
右目から生まれた月読命を祭神とし
天文・暦数・卜占・航海への祈りが
古代から続く京都月読神社への標《しるべ》
この地より伝播された亀卜の際で
子どもたちと
立て札のついた
一匹のクサガメを見つける
「ミチハ　ワタシノナカニアル」

六十八年ぶりに近づく満月を背後に
真実へと耳をかたむけるとき
時間の圏外をしめす針が

夕闇の底深く沈んでゆく

＊ミヒャエル・エンデ「モモ」

眼

日暮れをひきつれて家路につく
玄関の扉は怯えた表情を見せ
後方へ
後方へと下がりはじめる

何かが潜む
和室の襖を少しだけ引き
半身を入れ中を窺う

昼のにわか雨のさなか
急ぎ取りこんだ洗濯物が色を失い
散り散りに四方へと広げられている

灯火《あかり》をつけ
紛れこんだものの正体を探る
閉めきられた障子の端に
ひっそり静止している一枚の枯れ葉
無音の一片

とどまる最後の一葉に近づき
屋外へ送りだそうとした瞬間
黒と白の目玉を操った翅が水平に閃《ひらめ》き
火色の使者が舞い戻り

頭上へとうかびあがる
変化《へんげ》の凶器に
鱗粉のゆらめきに
息をのみ
たじろぎ
夜の目玉の威嚇を小雨ふる中庭へ落とす
にわか雨が呼びよせた兆し
初冬の虚空に消えた実在の影と飛来の痕跡

それからまもなく
案じていた命の
悲しい知らせが密かに
わたしの戸口を敲いたのは——

黙想

雨のなか
二重ガラスの窓の見本を卓上に並べ
ひとりの男が店の前に座った
窓の向こうに小さな窓が
その窓の向こうに一段と小さな窓がおかれ
窓の先には
台付きの丸い電灯がひとつ据えおかれた

行き交う人に声をかけることもなく
男は俯いたまま
窓の重なりの手前に座った
斜めにふりしきる雨
走り去る車の音
鉢植えの花数
色を失くしていく傘
強風に煽られる看板
遠くへ
より遠くへうつりかわる窓枠の焦点と
言葉からの解放
客用に設えた折りたたみ式の黒い椅子には
終日誰も近寄ることがなかった

ふり続く雨のなか
男と契約する客はあらわれなかった
対面の椅子に座ったものが受け取る幻想の鍵
灯した明かりにうつりこむ自分の陰
陰が呼びおこす感情の尖端
尖端が突き刺す日々の過ち
空間と時間を占有する針の落ちた時計
生者と死者の邂逅
遠くから
より遠くから開け閉てされる内界への震え
夕方になり
二重窓を鞄にしまい
記憶の荷物を束ねると
男は一礼し雨上がりの空へ消えていった

修　理

誰も住んでいない階下の
家の玄関が時おり開く
朝早く
扉の奥へとよぎる気配
物音だけが外に響く

玄関の右壁に突如掛けられた
布製の大時計は沈黙を浮遊する

針とローマ数字の文字盤は
黒糸で刺繡され
決して時を刻まない
針はⅣ時Ⅰ分をさしたまま動かない

眼を射ぬく文字盤中央の
「修理」の文字
黒々とした太い縫いこみ
何十年と
住んでいない家の窓は閉めきられ
人も風も通さず
丸い布製の大時計が
不穏と憶測と疑念を呼びこむ

見開いた眼を閉じ
象徴と類推を追い求めるとき
時計との境界が溶け
一つの場があらわれる

縫いつけられた時の翳
波間に遠のく忘れ得ぬ人々
永劫の別れの岸をめぐり
残された者が新しい相に至る過程

停止した思考を進め
投げかけられた問いの
底知れなさへ降りてゆく

繕う

つくろう
なおす
つよくする

靴下にあいた穴の
指先を縫うために
裁縫用具を取りだし
針に糸を通す

なかなか通らない針孔《めど》
美しくはない縫い目
でこぼこのかがり目
少し色の違った糸の並び

繕うという行為と
漢字の偏と旁に
思いをあつめる

捨てるを
選ばなかった時間に
一針ずつ糸をおくり
針をかえし

記憶の糸玉を結ぶ

ほつれる
やぶれる
とぎれる

何気ない日常の
平穏な暮らしに隠れる
矛盾と葛藤
憔悴や戸惑い
心の綻びに
遠ざかった歳月を縒りあわせ
見えない縫い目の糸をおくる

*

炎暑

萎れた花苗に水をやろうと
外の蛇口をひねる
真夏の垂直な白い壁板に
二㎝ほどの青蛙が一匹紛れこむ

へばりつく水かきが
ひからびそうなのか
否か

緑の体表面に
水滴を手でころがし
何度もかける
一歩ずつ上に進み
目の高さに近づいてきたところで
いつのまにか
小さな蟻が
下方から蛙に近づく

一匹が二匹に並んだ瞬間
弱者のはずの蛙の腹が
微笑の形をつくり
一気に他者を飲みこむ
何気ない顔で

気づかれない所作で
凍らせていた黒い目玉
一足す一は何か
問いと答えの間に迷いこむ

照り返す光と
太陽に貫かれ
立ちつくす影の真上
焼けつくばかりの地表に
「私」という無力な孤点が炙りだされる

応用問題

小学校一年生さんすうテストの
問題を解く

ここにお米が8つあります
3つうれました
のこりはいくつありますか

8ひく3は5

他の正解はない
不正解の私の答案用紙を前に
母は担任から指摘を受けた

大人になり
寡黙な父が
思いだしたように
何度も笑いながら話す

基本問題のあとに続き
私の導きだした応用問題の解答は
文章でかためたものだった

お米やさんは　ごごきます

足りなくなったお米は
午後に補充され
元に戻る
元の数以上にもふえる
父も
母も困った顔をして
私の中の私を探す

幼いころの誤答は
数式の意を越えて
零から無限へ
静かな翼をもち

私を遠くへとはこんでゆく

憧憬

水沢　紫乃　デザイナー
雨宮　藍　生花店
青木　修造　大工
緑川　幸子　保育士
黄田　道男　タクシー運転手
志村　橙子　看護士
赤本　礼　画家

卒業を控えた教室で
十二歳の頭上に虹が架け渡された
座席で身を固くして心待ちにした一瞬
どれほどが以下同文ではない方位を
指針として定めていっただろう

担任の最後の教え子となる全員の氏名と
正解のない宿題が
卒業証書よりも先に呼びあげられていった

にわか雨をふらす雲の前触れ
雨上がりのあと真っすぐに進む光
水滴への屈折と反射
波長による色の帯の出現

時を数え
二十歳のときの同窓会で再会し
三人の子どもの母親となっていた先生は
平凡が一番という信念を
誰もの真正面に落としていった

胸に秘められていた虹予報
日常の中に組みこまれ
気づかずにいる光と雨粒

言外の空へ
幻の椅子が一列となって
影をつくり

遠い日の憧憬を映している

地上階0

本物の絵画を
あるべき場所で見るために
仏セーヌ河岸に佇む
オルセー美術館へ旅し
館内の画布に終日入りこむ
吹き抜けの中央通路
五階の紺色の壁面
十九世紀印象派ギャラリーの作品の前に

半透明な裸形となり息を止める
波うつガラスの長椅子で休息をとる人々も
真剣なまなざしで模写をする学生たちも
静と動の彫塑となる
もと駅舎の大時計の針を逆にまわし
心のうちのある一点を灯す

地上階0
十二歳の自画像が並ぶ木造校舎の長い廊下
切りそろえた前髪の級友と
前になり後ろになり教室へと向かう
ひとりひとりの名前を語りあいながら
虹色の時間を
それとは気づかないまま

「わたし」という小箱にしまう

吹きはじめる風の行方
流れる河面と白い遊覧船
橋につけられた数えきれない鍵の発光
夕暮れを待つ河沿いの街灯

0からの視線をあげ
ここではないどこか
手のとどかない場所から
遠い自分を今へとひきもどす

空

Ⅰ

虹

オランダ行の機内で
生後五ヵ月の赤ん坊が泣きだす
里帰り出産の若い母親は
乳をふくませ
通路を行き交い
まどろみもせずあやし続ける

激しくなるばかりの泣き声と
飛行の轟音
母親の目から
大粒の涙が溢れだし
見かねた異国の男性客が立ち上がる

立ち上がった両腕の中で
うつぶせの飛行体勢をとる赤ん坊
黒く見開かれた瞳
旅客機と一体になり
視点を高く
視界を広く
泣くことを忘れ時間が逃げる

海より低い地形の
風車の国に降り立った早朝
母親と赤ん坊の落とした涙は
雨上がりの空に
初めての虹を架ける

Ⅱ　礫

慣れぬ異国の高いベッドから

年老いた男が夜を落下する
日本からオランダへ
時差の淵の下
空中へ身を投じ
目を閉じたまま
第一日目の腰の骨を折る

男の妻は案じることもなく
旅程をこなし
キューケンホフ公園の
色とりどりのチューリップの前に立ち
名画を有する美術館をめぐり
レンブラントやフェルメール
ゴッホの絵を眺め

酒を飲み
三角形の笑顔をみせる
遠い隣人との同じ食卓
浮遊する夫婦の理

最終日の夕刻
アムステルダム駅前に
冷たい雹《ひょう》がふる
次々と打ちつけられる氷の礫
山の一つもない
風車の国の住人は自転車に乗り
一斉に街並を走り抜ける

薄れゆく青の

空の端は軋み続け
音をたてててひび割れる

停止

田に水が入り
植えたばかりの早苗が緑の風をまとう
一斉にゆれる葉先が波の音をたてる

風を割り
水田の間を走り
信号待ちしていた車の横に
反対車線からすべりこみ

停止した一台の車輛

思いがけない黒塗りの霊柩の車体は
迎えにいくのか
役を終えたのか定かではない
寄り添うように
停車した永遠との交錯
隣り合わせの釣合いは死の均衡をたもつ

結ばれた礼服の視線が
ゆっくりとほどかれ
後方へ遠のき
呼吸が鎮まる
互いの行先は

霊への送葬と大切な人の眠る墓地へと
山々の連なりが蒼く霞む

赤信号で止まることには意味がある

母の遺した言葉が真空を生み
先を急ぐことよりも
誰かを追い越すことよりも
優先される時の計らい

寺の近く
園庭で遊ぶ子どもたちの歓声の上に
生と死を見極めた鐘が鳴る

奥入瀬

悲しみに色をつけるとしたら
湖面を吹きすぎる風
一艘の舟となり
思念の湖へ漕ぎだす

ゆらぐさざ波
櫂の音
鳥の姿も見えない

深閑とした対岸の森
生を分かつ
試練という葉脈を辿り
闇が明けたときに
木立の間から
見出される一条の光

水の流れは
湖から渓流へ
緑陰を映し
せせらぎを生み
ゆるやかな平瀬と
時に激しい早瀬となり
数々の岩にぶつかり

次の景色をひらく

名前のつけられた滝は
飛沫をあげ
湖からきたことも
再び川となることも忘れ
唯一無二の
比類ない滝となり
背面の岩の角度を落下する

片わらに息づく
密やかな苔の小橋
岩肌にはりつく緑の地衣類
うなりをあげる蝦夷蟬

遊歩道に点在する笹や砥草の茂み

震えを待つきのこの胞子

生い茂るシダの群落

倒木や枯死木に見る消失と再生

椈　水楢　欅の落葉広葉樹の重なり

橡　桂　沢胡桃の高木がつくる渓畔林

願いを託された白楊の

無数の白い綿毛の種子が

蒴果から飛散し

新たな発芽をつなぐため

風を呼びよせ

風を吹いこみ

森の音符となり

高く低く
奥深く
無音の楽曲を奏でてゆく

*

階《きざはし》

一段ずつ上る梯子の先に
進もうとする意志がある
傾きにより
一筋の光と
穴のあく暗闇が待ちうける

底冷えのする感情の先
抗いようのない現実

凍てつくほどの生の時間の階にも
深い和音の重なる時がくる

朝早く目覚め
新しい水を流し
今日という一日の鍵をまわす

開かれた扉の向こう側で
青い天《そら》が雲を抱き
雲を割る幾本もの真っすぐな光の列が
地上に射しこむ

小さな梯子をつなぎあわせ
瑠璃色の

言葉の深遠を探し求める

あとがき

二〇一一年三月、私の夫は東日本大震災と時を同じくして癌を発病し、闘病九ヵ月余の末、命を閉じた。停電のため灯した蠟燭は、そのまま一人の人生が燃え尽きる命の灯となった。

東日本大震災が起こる半年前、父母の死を伝えるために出向いた寺のすすめにより、神奈川へ墓を改葬した。父母は二つの墓を守っていた経緯がある。父の出生地は福島県の双葉町、第一原発の町。墓のある寺の所在地は富岡町、第二原発の町である。土に還った先祖代々諸精霊十一名を白く小さな甕におさめ、遺骨の入った壺とともに夫と二人、常磐線の列車に乗った。

半年後、海は町をのみこみ、夫の闘病が始まった。始まりにある終わり。降りたった駅舎や出会った人々が遠のいては近づく。刻々と迫る死への砂針。机の上の砂時計の針は、空になり止まる。今日から明日へと過ぎる日常、平穏は不意を突いて失われる。

私は詩とはなにか考え続けてきたが、夫の生きた年月日を越える時点で横浜詩人会に入会。死者の生きられなかった時間を生きる。その中で横浜詩人会創立六〇周年と伊勢原市立図書館開館三〇周年の節目に立ち会う。開館三〇周年を記念し図書館発行同人誌『楽都《らくと》』が復刊、詩と編集に参加した。

物語・エッセイ・詩・イラストで構成される『楽都』ができあがり、詩の扉文を寄稿した作家から図書館職員を通じ私のもとに手紙が届けられた。文芸評論家・現東海大学教授でもある三輪太郎氏の扉文を自らのものとするまで見つめ、最終連を推敲しなおした詩「階」を返信。一篇の詩は、それを表題とする詩集となった。隣り合う生と死は、詩集の主題として切り離すことのできないひとつの環をつくる。

夫に捧げた前作『岸辺』（二〇一三）。一冊の最後においた「詩の庭」の三日月。三日月にかけた梯子をつなぎ、二十七篇の詩の言葉を縒りあわす。縒りあわせた詩篇の先に別の梯子をかける。私の詩の積み重ねは、川瀬理香子編集長の雑誌「抒情文芸」にある。

詩集『階』をつくるにあたり、娘の野口藍に原稿初見の校正を託した。一文字を推敲する詩と同じく、言葉の精練を装本にこめる田村雅之氏の砂子屋書房。静かな佇まいの書房への鍵を横浜詩人会の植木肖太郎氏から受け取り、秒針の取れた時計はあらたな時を刻み始める。

二〇一九年春

佐藤美樹

佐藤美樹（さとう・みき）
一九五五年神奈川生まれ
詩画集『風光る』一九九二
詩集『天の鍵』二〇一〇
詩集『岸辺』二〇一三
横浜詩人会会員　二〇一八
詩誌『ぱれっと』同人

詩集　階（きざはし）
二〇一九年四月一四日初版発行
著　者　佐藤美樹
神奈川県伊勢原市東成瀬二―二　一二―四〇三　牧野方（〒二五九―一一一七）
発行者　田村雅之
発行所　砂子屋書房
東京都千代田区内神田三―四―七（〒一〇一―〇〇四七）
電話〇三―三二五六―四七〇八　振替〇〇一三〇―二―九七六三一
URL http://www.sunagoya.com
組　版　はあどわあく
印　刷　長野印刷商工株式会社
製　本　渋谷文泉閣